꽃이 눈물이다

삶의 시선 029

꽃이 눈물이다

초판 1쇄 발행 | 2009년 6월 1일

지은이 | 강병철
편집인 | 박일환
편집주간 | 김영숙
편집부 | 엄기수 임현숙
영업부 | 김원국
펴낸곳 | 도서출판 삶이 보이는 창
등록번호 | 제18-48호
등록일자 | 1997년 12월 26일

(150-901) 서울시 영등포구 영등포동2가 94-141 동아빌딩 402호
전화 | (02) 848-3097   팩스 | (02) 848-3094
홈페이지 | www.samchang.or.kr

값 6,000원
ⓒ 강병철, 2009. Printed in Seoul, Korea.

ISBN 978-89-90492-74-6 03810

꽃이 눈물이다

강병철 시집

삶이 보이는 창

스무 살 겨울, 철둑길 건널목 맞은편 대폿집 목로에 더벅머리 사내 웅크리고 있었다. 추녀 끝 참새 떼 풍경을 곁눈질하다가 눈발에 취해 이따금씩 히죽대기도 했던가. 차단기가 오르자 청춘남녀들 상큼하게 깔깔대는데 그 사내 혼자 보이지 않는 '무엇'을 찾아 난로 뚜껑 더듬는 중이었다. 기차가 굉음으로 가로지르던 그 밤, 육교 밑 헌책방에서 문예지 몇 권 책꽂이에 채우면서 문청의 아픈 길 그려 보았던가.

중년의 한때 도서관 중독자가 되려고 했다. 머리로 안 되면 몸으로 때워야 한다는 지론이다. 고스톱을 끊었고 당구, 바둑, 등산, 영화, 볼링, 여행, 운전, 핸드폰 등 그 모든 '행복의 조건'들과 담을 쌓아야 내가 산다고 생각했다. 문어발 뻗어 집안 살림 챙기면서 도서관과 쏘주잔만 옆구리에 끼고 살던 시절이다. 약진하는 자본주의 세상에서 그나마 밀폐된 자부심을 누릴 수 있는 행복의 공간이었지만.

먼저 떠난 영혼들에 대한 빚을 지울 수가 없다. 혁명을 꿈꾸거나 시와 그림에 찌든 채 유명을 달리한 벗들, 하느님은 착한 순서대로 샘물 푸듯 끌어올렸다. 슬픔은 시계추처럼 이마를 때렸고 나는 술떡이 되어 추모시만 썼다. 그리움과 슬픔으로 '울컥' 북받치기도 했지만 때로는 누에고치 실밥 뽑듯 기계적으로 생산했음도 밝힌다. 어쨌든 그렇게 무거운 부채를 조금은 덜어내었고.

문제는 소통이다. 언제부터였나. 벗들이 '자신만의 몸 만들기'에 몰입하면서 벽을 보았고 더러는 단절의 냉소를 쓸쓸히 받아들여야 했다. 그랬다. 벗들은 든든한 바람막이가 되기도 했고 때로는 무너지는 전봇대로 길을 막았다. 그래서 글과 합체할 수밖에 없었다. 그런 난경을 활자로 풀어내는 과정도 쏠쏠했지만 아픈 상황을 '음미'하는 특권도 그랬고.

이제 장년이다. 세월은 반골적 낭만주의자를 촉수 민감한 소시민으로 둔갑시켰다. 굽은 등과 서리 내린 머리카락, 임플런트와 돋보기를 귀한 손님으로 맞이하는 중이다. 구들장의 따뜻함에 세속적 질곡으로 빠지기도 했고 길바닥에서 동전 줍듯 소소한 성과물을 챙겼다. 그래서일까. 거울을 마주하며 이따금 장고에 돌입하지만 그렇다고 지친 것은 절대로 아니다.

　마지막으로 전교조다. 정체성을 걸고 투신했던 신앙처럼 아름다웠던 시간이었노라고 감히 확언한다. 그네들은 여전히 날아오는 표창을 흥부의 알몸으로 껴안으며 노랗고 하얀 무꽃, 배추꽃을 피워내는 중이다. 눈사람 부수듯 짓밟던 편견의 무리조차 초심의 체온으로 녹여내려는 바보 천사들, 부끄럽지만 그들이 내 글의 독자가 되기를 기대한다.
　아홉 번째 책이다. 구경꾼들은 쓰뭉하니 바라보지만 나는 여전히 첫사랑처럼 설렌다.

2009년 강병철

2부

3부

4부

1부

민들레

앉은뱅이 천사
계단 모서리에 뿌리내려
노란 불꽃 지폈다
큰일났다
몰래 홀씨 키워
이웃집 울타리 넘겠다는 심보다
납덩이 벗들에게
단내 풍기는 꽃술
암수 얽혀 몸 내음 유혹으로
축복 터질 것이다
너를 죽여야 내가 산다
어둠이 더 아늑하다, 며
시멘트 틈새로 정분 나누는
무서운 생명력
두려움에 칼을 뽑는다
미안하다 사랑한다

삼양동 정육점 순임이 누나

산골소녀 천재였다 전교 수석과
웅변대회 글짓기 대회까지 싸그리 휩쓸었지만
'여자라서 중학교에 못 가는 세상
평생의 한입니다 다시는 나타나지 않겠습니다'
편지 한 장 던지고 졸업식 불참했던 오뉴월 서릿발
아주 우연히 만나서 삼 년째 쓰뭉하게 지낸다
농협마트 야채 진열장 지나 어물전 옆
정육점에서 시뻘건 고기 내리치며
지금은 침 발라 가며 돈을 세는 중이다
예배당 전도사 짝사랑하던
처녀 가슴 도깨비 소문 낭창낭창 생생한데
고기 도막 바코드를 능숙하게 붙이고 있었다
이승만 윤보선 박정희 전두환
주름살 노무현에서 청계천 이명박
삽자루 자갈밭에서 그래픽 시대까지
그녀의 비탈길 사연 자르르 떠올린다
모진 세월 엎드려서 잘도 버텼구나
즈이 살붙이 기둥 되었다가, 주방 도구나
칼도마 물걸레 수챗구멍으로 거침없이 변모하며
머리끈 묶은 채 상추 같은 웃음 던지며

진열대 거울 앞에서 잠깐 마주친
푹 퍼진 장년 막바지 누나, 누나야
오늘은 사골 자루 들고 공판장 신호등 건너려다가
포플러 후리 늘씬 막내아들 올려 보며
눈알에 쑥 넣고 단물 빨아 마시는구나

고구마 할머니

그 할머니를 말하려 한다
강남터미널 전철역 5번 출구
주유소 모퉁이 장난감 좌판
찐 감자 옥수수 고구마 팔던
패랭이꽃 시든 향기
양갓집 잔상의 그 노파다
오물덩이로 뒹굴자는 좌우명으로
고구마를 샀고 거스름돈 받지 않았다
저무는 지하 계단 들어서며
뜨거운 감자 속살 깨문다
하얀 녹말 부수며 가슴 싸매는데
그녀가 부르는 것이다, 여보쇼
순간, 분홍빛 꽃이파리 솟아나는
잔주름 광채에 쓰러질 뻔했다
잔돈 받으쇼 아저씨, 구걸이 아니라
일해서 버는 중이야
세상 잠시 움직임을 멈추고
구멍 뚫린 주유소 기름 가마
불사태로 타오르던 황홀한 기억이다

민박 아침

늦정 들어 더욱 뻔뻔해진 낯선 아낙들
새벽 대팻밥 조잘조잘 쏟아지는 휴가 말미
늦여름이다 뚱땡이 아줌마 생리대 품고 깨밭 속
으로
웅크린다 고추잠자리 빙빙 돌아가는 환절기
나는 민망한 표정으로 이빨 닦다가
잇몸의 피 뱉으며 재빨리 고개 돌리다가
들었다 사루비아 붉은 입술 이슬 맺히는 소리
질경이 뿌리털 자양분 빨아대는 소리
쑥국새 노란 똥 숙성하는 소리
저 아줌마들 옆에서 흐벅진 군살 맞대며
참치찌개 슥슥 비벼 한 양푼 뜨고 싶다
보온밥통 뚜껑 획 제끼고
주걱에 묻은 밥풀도 떼어먹고
늘어지게 자고 싶다 햇살이 중천에 오를 때쯤
물소리에 깜짝 놀라 비로소 기지개 펴고 싶다

빗 장사 정 씨

잘린 다리에 검은 장화 끼우고
앉은뱅이 손수레 미는 정 씨 이야기다
장애 2급, 반 평 남짓 그의 수레가 움직이면, 스피
커에서
정태춘이나 노찾사의 노래가 생뚱하니 터져 나온다
갑오년 죽창 들고 우금치 고개 뛰어넘다가
뼈를 묻은 할아버지 후손이라는
정 씨의 주사酒邪 확인할 길이 없지만
빗이나 손톱깎이 노란 모자를 팔다가 치켜뜬
그의 눈빛 참 수상하다
참수 직전, 서울행 가마에서 쏘아보던
녹두장군 흑백사진 그 눈빛이다
막걸리 한 사발 단박에 들이켜면
비록 집 나간 아내 얘기는 난감하게 감추지만
전문대생 그의 딸 낭창낭창한 싸리 회초리 허리로
휠체어 끌던 푸짐한 웃음
볼에서 쏟아지는 참깨 더미 콩깍지 더미가
영락없이 이 땅의 민중 화면이다
해방 공간인가 사변통 포탄 맞았다는
시장통 입방아는 전혀 중요한 게 아니다

그가 몸으로 쓸고 다니는 바닥마다
그의 온기로 흥건히 젖어 있다는 사연들
검은 장화 사이로 번지는 노래 듣다 보면
나는 붙박이로 석고처럼 굳어 버린다

모종某種 시장

황사 강풍의 밤 삼시간에 지났다
언제부터였나, 이른 봄 재래시장에 나서면
손톱부터 새빨갛게 몸이 달았다
종자 옥수수 오백 원, 바짓가랑이 당기는
노파의 명태 손등 마른 살비듬도 살갑다
잠시 후 보리밥집 스뎅 그릇 긁던 사내
연초록 외떡잎 꼼지락꼼지락
마른 땅 뚫고 솟구칠 것 같아
흰소리로, 급식소 밥그릇처럼 벅벅 긁어 대지만
기실 새싹들을 섬길 준비가 되지 못했다
아직은 여전히 한 몸으로 섞이지 못하므로
푸성귀 비비던 숟가락 놓고
목에 걸린 묵은지 손가락으로 파내기도 했다
목련에서 사과꽃으로 이어지던 그 즈음이다

파장罷場
— 누이의 된장국

버릴 게 단 한 가지도 없다는
그 문장은 청과물 시장에 '딱'이다
트럭에서 저잣거리로 정돈되던 배추 무더기
'불타는 고구마' 같은 벙거지 아줌마꽃들
파리채 휘두르듯 낚아채던 배추 껍질
누이의 된장국 되어 차곡차곡 쌓이는 중이다
티켓 다방 커피 한 잔이면 싱싱한 푸성귀 수십 다발
아프가니스탄 벙커에 쏟아지던 탱크 잡는 토우 미
사일
한 방 터질 때마다 날리던 수십만 배추 다발
날리고 찢겨진 배추 이파리 찾아
금싸라기 캐듯 부대 자루에 쑤셔 넣는다
몸뻬 속에 파고드는 수상한 눈빛 패대기치면서
속정으로 두터워진 장바닥 인정
알짜배기는 진작부터 상품으로 포장되고
버림받은 푸성귀들 옹기종기 모인
가마솥, 상처 받은 속살 쓰다듬으며
지금도 누이의 맛깔 내는 중이다
부나비 떼 하얗게 쏟아지던 그 자리에 서서

단속반이 지나가고

어둠이 트럭 뒷바퀴로 풀자루처럼 쓰러진다 모종 판 새싹 위로 쏟아지던 사월의 햇살, 검은 보자기 덮 이면서 씨앗 사러 나온 그 사내 일찌감치 기가 죽는 다 후미진 구석 모래알까지 끌안자던 사랑의 힘 표 창으로 튕겨 나와 창백한 지식인 새가슴에 못질한다 새들의 보금자리 공문서 한 장으로 삽시간에 '아작' 나다니

이제 그녀들은 놀라지 않는다 막국수 양푼 사이로 에둘러 앉은 저녁 시간, 노점 단속 비정규직 철거단 노란 완장에게 밟힐수록 깊은 사랑 다급히 나누는 생존의 법칙 일찌감치 터득한 모성애다 새마을 차양 모자들 쏟아지는 밤 벚꽃 맞으며 점령군으로 돌아간 자리, 짓밟힐수록 벌떡벌떡 기 세우는 아낙의 힘, 장 엄하다

악을 쓰며 길 막는다 넥타이 사내들 노래방 사이사 이 기웃대며 막바지 수작 중이다 별이 보이지 않는 건 매연 탓이 아니라 가로등 불빛 때문이에요 달빛 그리고 별빛 화사한 정기 못질한 채 문어발로 뒤엉

켜 볼까요 고무줄 속으로 사타구니 더듬던 여인네들
도리질 치며 살그머니 신발끈 맨다

　먹을거리 지천의 좌판 매듭 묶던 마지막 알전구 꺼
지면서 누렇게 뜬 열무 다발 어둠 덮친다 지식인 그
사내 된장국 솥단지에 발목 잡혀 싸— 하는 눈시울
적신다 얼마나 뜨겁게 비벼야 가시 돋친 가슴 삭일
수 있을까 공주 중동시장 사월의 밤

업

　팔 잘린 그니 달마다 찾아오면 배춧잎 몇 장씩 쥐여 주었다 월숫돈 챙기듯 십칠 년째다

　불시에 교무실 찾아온 그니 막국수 한 그릇에 '컵떼기' 소주 두 병 뚝딱 해치우더니 빳빳한 지폐 몇 장 쑤셔 넣고 줄달음질쳤다가 또 나타났다 딸아이가 병실에 갇혀 있다며 비상사태 선포한 날 현금카드로 다시 오십만 원 찔러주다 그를 만나러 뛰다가 노트북 액정에 손바닥 자국 내고 사십만 원 가불하다 신호 위반으로 칠만 원 딱지 뗀 채 이제 마주치면 죄인처럼 고개 숙인다 집문서 열쇠 채우며, 한 번만 봐주세요, 전화벨만 울려도 아파트가 무너진다구요 숨죽이며 구두코만 바라보는 것이다

소리 2

집 나간 누이
목발 짚고 찾아오는 소리
애비 없는 딸내미 시린 발 구를 때마다
대나무 갈빗대 부러지는 소리
주인 잃은 사랑방 앞에 서서
열쇠 구멍 맞추며
심장 뛰는 소리
햇살 받은 먼지투성이들
손님맞이 우왕좌왕 소리
탕, 탕, 탕
빈방 아궁이
불쏘시개 휘저을 때마다
콩깍지 터지는 소리
착한 벗들 억장 무너지는 소리
들린다
사랑으로는 미래가 없다며
손가락 마디 부러뜨리는 소리

어떤 눈빛

그와 눈이 마주쳤다
아파트 텃밭 배추벌레 잡던 저물녘
어디서 만났을까, 눈웃음 주다가
서릿발 세우며 싸늘하게 외면했다
대학 도서관 공익요원, 그 총각이다
중고생 아들딸 소 떼 몰듯 우르르 내쫓던
카우보이 완장의 기억
아찔했다 거인처럼 가로막는 그에게
도서관은 대학생만 공부하는 데가 아니야
후배들이 공부하면 왜 안 된단 말이냐, 벌떡 일어
서면
(아차, '스발' 소리가 튀어나올 뻔했다)
취업준비생들, 개구리 눈빛으로 쭈뼛쭈뼛 일어서
다가
자라목 꺾으며 글자 수 맞췄던가
그런 적과의 상봉 뿌리치면서
민달팽이 한 마리 눌러 죽였다
그도 임무였을 뿐 전혀 잘못이 아니다
우울히 멀어져 가는 좁은 어깨
괜찮아요 묻어 둡시다 젊은이

망망대해 함께 헤쳐 갈 수 있지요
그런 넉넉한 문장은 삽날로 콱콱 덮어 버렸다
온 세상 먹빛으로 가라앉았다

아파트 남새밭

아파트 공터에 삽날 세우며
텃밭을 소재로 글을 쓰지 않겠다고 결심했었다
도시 개발 압류 위기도 그랬지만
'완전 무공해'나 '노동의 희망'
그따위 수식어가 난감했기 때문이다
맨 처음 낭만이었다 손바닥 남새밭
오이 호박 옥수수 아욱 쑥갓 일반고추
청양고추 피망고추 도합 열아홉 가지
도무지 한 뼘도 버릴 수가 없었다
구역 시비로 티격태격하던 할머니들
느닷없이 세상을 뜨거나
대처 자식네 휠체어에 의탁하면서
텃밭 주인이 몇 차례 바뀔 즈음 나도
관록이 붙었다 결벽증 지식인답게
잡초는 싹수부터 초토화시켰고
비 오는 날도 물 주러 뛰어다녔다
주인놈 발자국 소리 자양분 받아 자라 온
상추, 쌈장, 찬밥만으로 아침 때우거나
오이와 고추장으로 소주 두어 병 해치우니
언제부터였나, 입에서 풀 냄새가 배기 시작했다

넘어지면 푸른색 도화지 질펀하게 깔려 있었다
한때 도서관에 미쳐 새벽잠 설치던 행보로
글에 빠져 악다구니로 자판 두들기던 관록으로
지금은 텃밭에 엎드려 이파리 떼는 중이다
막대기 박다가 허리 펴는 중이다

텃밭 입문기

아파트 입주 시초부터 할머니들이
공터에 금을 긋고 있었다 긋는 대로
채마밭 소유주 되기에 그도 재빨리 점령군 되어
호미 날 파헤치는 출석 점검 시작되었다
아내의 산타모가 비디오 가게 들르다가
쓰레기통 박살낸 날 그 와중에
김기덕의 '악어'와 '해안선'을 반납하고
으깨진 라이트 힐끗 흘겼을 뿐
스티로폼 화분으로 밑거름을 날랐다
그는 확실히 맛이 갔다 파랗게 질리지 않고
오물덩이 채우면서 넉넉해진 안도감이여
대궁 세우는 엽록소에 불쑥불쑥 취하다가
뒹구는 지렁이까지 품게 되었다
오줌발 세우다 자지 붓게 만들던 양서류
매끈매끈한 피부에 취하다 보면
아침 햇살이다 늦었다
그년들 푸른 알몸 나를 미치게 만들었다

쓰레기통의 고양이

쓰레기통 뒤집던 고양이를 기억한다
가시철망 뜯어내는 육식동물 야수성
넌지시 대구포 한 도막 건네주는 순간
스르르 무너지는 고양이의 적개심
식물성 염색체로 차분히 가라앉는 것이다
볼 비벼 아랫배 더듬는, 따뜻한
살 냄새에 취해, 깊은 사랑 맹세하며
콘크리트 사이로 뿌리박는 질경이 떠올렸는데
언제부터였나, 놈은 다시 보이지 않았고
나는 또 출판사에 원고를 퇴짜 맞았고
집 나간 아이를 찾아 대처를 쏘다니다
자전거에 치여 절룩절룩 미로에 주저앉던
저무는 중국집 쓰레기통에서 극적인 상봉, 그리고
흠집 난 짝사랑, 양팔을 벌렸지만
아, 싸늘한 눈빛
다가설수록 이글이글 불태우다가
다시 야수의 송곳니로 으르렁 털 세우다가
순수 사내의 뺨에 지울 수 없는 상처 내었다
송장에 말뚝 박힌 채
이제 어느 놈의 악수도 믿지 않기로 했다

나무에 대하여
— 정선원과 한준혜의 혼인에 바쳐

낙타의 길을 가는 사내다 청춘을 던져 나무 키우면
밥그릇 챙기던 사람들 멍든 자국 식히러 기웃대었던
가 등 돌린 발길들 꺼진 불빛처럼 돌아오지 않았지
만 그 사내, 비탈길 보며 하염없이 삽질하는 중이다
노을 탓일까? 그니의 타오르는 불길 아무도 알아보
지 못한다

'봄날의 가슴' 쓰다듬으면 댓잎이 우박처럼 파르
르 소름 떨었던가 대나무가 죽창이 되어 맨살 겨누
면 오동나무는 알전구처럼 노랗고 파랗게 불빛 터쳤
다 '깊은 사랑'으로 골리앗 싸움 한판 승부 벌이면;
잡힐 듯한 푸른 하늘 벼랑 끝 저만치 아슬아슬 걸려
있는데

실토하라 그대, 뿌리털 혼신으로 빨아올려 이룬 생
명붙이 파란 잎 붉은 열매들, 둥지 튼 새 떼에게 모
두 퍼 주고, 철새 떼 구경꾼 불러 나뭇잎까지 훌훌
털어버리고, 마침내 남은 나목裸木의 밑동, 길 잃은
벗들 앉을 자리로 내놓았노라, 나 그렇게 살아왔노
라, 그대 알몸으로 고백하라

나무를 심어본 사람만이 부은 팔뚝 어루만질 줄 안
다 이 세상에서 가장 착한 사내, 그를 꿰뚫어 본 저
아낙의 눈빛 서늘하다 이제 '등 푸른 생선'으로 헤엄
치리라 손 모으는 나무들의 초겨울, 깍지 낀 손 찰떡
처럼 끌안은 채 타오르는 사랑의 불길, 아, 시리도록
푸른 하늘빛이다

꽃이 눈물이다

눈 내리지 않던 겨울
　새순 뻗던 희망이 죄다 눈물임을 안다 마른 땅에
내린 뿌리털들 돌조각 모질게 삼켜 대면서 탱탱이 부
푼 저 나뭇가지들, 봄바람에 자르르 터질 것 같더니

　너를 찾는 저 벌판은 온통 아지랑이다 벌판 뒤켠으
로 얼핏 비친 그림자 이마를 '딱' 때린다 '저놈 새
꺄' 손짓하는 언덕길 치달려 '옳다구나 드디어 나타
났구나' 팔 벌리니 산수유 개나리 그 너머로 진달래
그 모든 봄꽃들 노랗고 빨간 눈물로 치렁치렁 매달
려 있다

2부

꽃샘 눈

아무 일도 일어나지 않았다 싱크대 틈새기로 빠져
버린 참기름 병뚜껑 그 사소함에 온 세상 우지끈 뒤
집어지는 것이 문제다 동굴 속에 안주하던 온갖 잡
동사니들 '틈입자 빗자루'와 맞붙으며 아우성이다
먼저 썩은 행주 조각이 모서리에 발목 묶은 채 안 된
다 안 된다 살려 달라며 이를 옹문다 이번에는 식칼
로 바닥 긁기다 사이다병 뚜껑이 뽀얀 먼지 뒤집어
쓴 채 '아아 형광등은 너무 눈이 시려요' 옷고름 부
여잡고 얼굴 붉힌다 마지막으로 효자손 갈퀴질이다
찌그러진 볼따구 지줏대 삼아 치켜올린 둔부가 끙끙
수치심에 떤다 모가지 힘줄 때마다 우두둑 구기며
이를 갈지만 녹슨 젓가락 하나 토해 냈을 뿐 딸깍딸
깍 밀려만 가는 병뚜껑

동트는 새벽 출근길 밥고리 찾아 허발나게 달리자
삼월 아침 하늘 뚜껑이 열려 대설주의보가 내렸던
날이다

새벽 설거지

'젊고 유능한' 이란 문장에 진저리치며
주방 창살에 우뚝 선 사내다
높이 날아야 한다, 새들의 비상 무수히 꿈꾸다
지금은, 신새벽부터 닦고 조이고 기름친다
나머지 식솔들 발가락 녹이기 위해
빠각빠각 수도꼭지 틀다가
집 나간 누이 겹치면 아주 잠깐 눈 감는다
한때 그도 한반도를 책임지려 했으나
지금은 설거지 중이다 수배 벽보와 프락치 논쟁
까지
개수통 밭은 신음으로 빨려 나간다
누이에게 발길질하던 홀아비 행악질도 지운다
시어미가 가로막자 발작으로 유리창 깨졌고
쌀자루 속에서 새도록 유리 조각 골라내던 누이
그 잔상 지우며 새벽 뉴스 켠다
대통령 후보들 화사하게 손바닥 흔들며
좋아진다 더 잘산다 대한뉴스로 도배하는 초겨울
안 된다 안 된다 도리질 치며
물 묻은 손으로 컴퓨터 전원 누른다
그를 좇던 청년 문학도들은

스타급 명망가나 실직자가 되었으므로
세속의 사내, 멈출 수 없는 대결이다
나이 먹을수록 싸움을 잘하는 세상은 없는가
기침을 하며 수도꼭지 잠그면, 아, 첫눈이다

밥

열세 살부터 자취를 했다
사과 궤짝 거미줄 사이로 포개진 사발들
소금밥 비볐다 연탄불 꺼지면
사춘기 삼남매 모두 세 끼 당연히 굶었다
밥이란 살기 위해 우겨 넣는 양식이었으므로
주로 단무지와 칠분도 누런 쌀밥
공복의 아침, 건더기만 채워져도 버틸 만했다

육백 명 곱창 채워 주던 취사병 경력도 있다
식용유에 소금 섞어 고기 국물 무한정 부풀리다
가도
배고픈 보병들 줄 맞추어 대기하지 않으면
'군기가 없다 샴시끼들 똑바로 줄 맞춰' 밥 삽 내
리치며
'밥 안 준다' 막장 유세 부리다가
발 닦던 양동이로 밥물 맞췄다
특히 약자들 앞에서 거칠게 터프하던

그 화려한 주방사 관록으로
지금도 식솔들 안식 위해

설거지통 앞에 우뚝 서기도 한다 이제는 짠하다
고무장갑 물샐틈없는 현실이여, 자존심이여
술떡으로 쓰러져 비몽사몽 후
신새벽, '밥' 하고 벌떡 일어서기도 하면서

머리통 큰 집안 내력

해직교사 시절 87년 봄이었던가
대전 풍년갈비 앞 지하실 풍물패 터 창단식
어둠의 시대 젊은 무리들 이맛살 맞대는데
대각선에 서서 막걸리 마시는, 보리 이삭 같은 여자
'저 여자가 내 아내였으면 좋겠다' 라는 생각뿐,
그때
여자의 머리통이 크다는 걸 전혀 몰랐다

행복했다 '짤린 목' 이지만
안산 빵공장 앞 극장에서 안성기 주연 '기쁜 우리
젊은 날' 을 보고
시장 좌판이나 들꽃 핀 벌판 닥치는 대로 쏘다니며
뼘으로 재어 보고 흐흐흐 수박만 하구나 키득댔
을 뿐
신문사 비정규직이나 위장취업 빵공장으로 깨금질
치기에 바쁜
참숯 젊음 영원할 줄 알았던 시절

군살로 가쁜 중년의 사내, 요즘 이런 허튼 말도 가
끔 던진다

뭐요, 우리 애들도 이젠 커서
폴라티 입어도 울지 않는다니깐, 모가지 쑥쑥 빠져
나온다구요

오늘은
밤새 토하다 등교한 아들내미 찾아 쌍화탕 들고 학
교에 갔다
종소리 퍼지는 교실에서 쨍그랑쨍그랑 망아지처럼
뛰는
아이들, 모두 솔방울처럼 야리야리한 대가리 부딪
치며 허물 벗는데
'아부지' 하고 옷소매 잡는 우리 아들놈
양은대야처럼 넓적하게 웃고 있었다

이른 봄날, 모처럼 목간 나들이 다녀온 중년의 아침
고등어 속살 같이 뽀얗게 벗겨진 딸에게 안도하며
말한다
너 하나라도 머리통이 작아 다행이구나
보리감자를 껍질째 먹던 딸아이
아니여, 아부지, 바깥에선 솥뚜껑 공주라고 난리여

세상은 샛노랗게 어지러워서 행복한가

강박증 둘

아버지의 글은 풀 냄새가 없어요
술에 찌든 잉크 자국 핵심 찌르던
딸아이가 늦는구나 참을 수 없는 소심증으로
안절부절 거리의 사내로 돌입한다
우산 들고 정류장에 선 아비
어깨 위로, 비행기 그림자 쏜살같이 덮으면
그림자에 짓눌린 모래알들 비명도 들린다
잎새에 이는 바람에도 소스라치는
결벽증 사내 달팽이처럼 오그라든다, 그때
저만치 생머리 소녀가 아,
달려와 품에 안긴다 아부지 또 헤매시나요
기다림이 너무 힘들어, 안개 속에서
죽고 싶었어 증말이야
지구가 폭발할 수도 있고
작대기 놓치면 하늘이 무너지는 거야
아비의 이마에서 가마솥 땀이 흐른다
그는 끝까지 인질로 잡고 싶었는데
기실 세포분열이 두려운 것이다
예고된 독립 떠올리며 벌벌 떠는 것이다

강박증 셋

아들놈 입시 비탈길
그니의 몸이 내 갈빗대임을 절감했다
마이너스 수능 통지표
가스레인지 오징어처럼 찌그러진 이후
아주 예민한 입시 전문가가 되었다
'파죽지세의 고요' 같은 그해 대통령 선거
재봉틀 칭칭 입술 박으며
묵언의 사내로 인터넷만 뒤졌다 어깨 감싸려는
동직원들 문어발 손마디 싸그리 차단했다
그가 태안 앞바다 유조선 충돌 기름 더미 닦겠노라
찢어진 내복들 바리바리 챙길 때
끊었던 담배 두 달 만에 뻑뻑 피웠다
태양이 쏟아낸 베란다 붉은 물
일탈된 불티 하나 맨살 활활 태우는데도
전혀 뜨겁지 않았다 그 아들놈이
학원 수강증 끊으러 가는 서울행 터미널에서
남긴 한 문장 '울지 말아야 한다'
끝까지 건네주지 못했다
아내가 없었으면 전봇대에 이마빡 찍었을 것이다

울음소리

술떡의 잠결
깊은 늪에서 아기 울음소리 절벽으로 기어오른다
구원의 끈 내미는구나 재워야지
재워야 가족이 산다 놓치면 벼랑 끝이다
수박덩이 무거운 머리 세우고
유모차 밀면 그제서야 잦아진다 아, 살았다
여버 뭐해('보'가 아니라 '버'였다 분명히)
웬걸 아내가 침대에 앉아
딸내미를 을러대는 중이다
그 사내 혼자 빈 유모차 흔들었던
밤 두 시, 술이 곧 영혼이므로
벽을 문지르던 발바닥 연신 추락한다
아내는 우윳병 받치며
딸아, 저게 아부지의 막걸리 숨소리란다
긴 세월 함께 겪을 사연 예고하기도 한다

햄스터에 대한 사과

공지영의 '즐거운 나의 집' 독파하던 겨울방학이
다 주인공 수험생의 지하철 고양이 '토토'가 병들어
죽자 성姓이 다른 식구들 실의에 빠진 채 자장면 나
누는 화면

지금은 사춘기가 된 내 딸 초딩 때였던가
햄스터 사 달라며 한 달을 졸랐다, 맞벌이의 딸 하
굣길 텅 빈 집 향해 '학교 다녀왔습니다' 외치는 아
홉 살 외로운 소녀를 기다리는 햄스터와의 진한 벙
어리 상봉 아, 죽여주는 실루엣이지만 조류독감과
돼지콜레라 그리고 이별의 아픔 민감하게 예단하며
끝까지 막았다

빨간 신호등 앞에서 눈시울 시큰한 늦가을이다

서울행

생선처럼 펄펄 뛰는 젊음들이 잇달아 섹스를 터뜨
리며
베스트셀러로 활개 치는 자본주의 한복판

분발하라 기울어 가는 삭신이여
손과 발, 머리끝에서 발끝까지 철사줄로 칭칭 묶여
이제 삭은 장작으로 박살나기 전에
미운 놈은 힘 있을 때 두들겨 패야 한다

얼마나 엎드려 혼신으로 손바닥 발바닥 비벼주어야
쥐새끼처럼 씹히지 않는 것이냐

열쇠 고무줄을 더듬으며

동창회 끝낸 묵은 새들 뿔뿔이 흩어지고
혼자 불가마에 유숙하던 그 밤 복숭아뼈에 동여맨
열쇠 고무줄, 만지고 또 쓰다듬으며
아직은 건재하구나, 탱탱 퉁기며
기껏해야 사물함 원고 뭉치나 랜드로바 지키기
위해
씨름하던 가면假眠의 토막잠

벌떡 일어선다 여명의 증기탕, 뿌옇게 벗겨지고
늙은 고목들 스트레칭 풍경이다
민대머리나무 호호백발나무 기름기 빠진 버캐나무
굽힐 때마다 빠드득 고갱이 비틀어지는 소리
장하다, 지칠 줄 모르는 정력이여
갱년기 검버섯들 눈인사 나누더니 다시 잰걸음이다

즈이 몸 아낄 줄 모르던 예전의 혁명가들은
심약한 순서대로 먼저 떠났다 달마 윤, 울보시인 정
마찬가지다 비운의 정치인 강, 투사 오, 여성해방
전사 최
그 혹독한 대가 소수자로 잦아지는데

수영 금메달이나 피겨스케이트
골프공이나 야구방망이로 젊은 그들 몰려오는데

고무줄이 끊어지면 끝이다 나의 마지막 보루이므로
그 좁은 구멍에만 몰입하는 낙타의 옹고집
여명의 눈동자 운동화 끈 조이는 새벽이다

지천명의 책 보기

머리카락 빠진다, 세면대에 구부리면
국숫발처럼 뚝뚝 끊어지는 지천명의 두피頭皮
어떠냐, 팔 뻗치고 거리 멀어져야
비로소 글자가 잡히지만 버틸 만하다
돋보기 너머 흘기기도 하면서
보양식처럼 아득아득 활자 씹는다 절대로 밀릴 수
없다

폭풍의 언덕 그 시대
나쁜 사람이 될 수 없다, 바둥바둥 우산 받치던
스크럼의 기억도 자양분이 된다

씨 뿌리던 벗들 망루에서 줄줄이 뛰어내린 후
남은 자들, 풀린 단추 채워 주기도 외로워
더욱 독하게 싸우거나
아예 웰빙의 영상으로 일탈을 선택하는데

설레설레 흔들며 활자에 눈 모은다 놓칠 수 없다
도끼날 집중해서 정수리 정확히 겨냥해야 한다
부러뜨린 놈들의 이빨 숫자보다

더운 밥으로 흘러내린 이빨 조각이 더 많으므로
눈물이 쏙 빠지게 핏발 세우며

가물게 오래 크려는 사내
신새벽 대학 도서관 모퉁이에서 바위가 되려 한다

술의 전쟁

내가 언제 만나자고 했느냐
방심한 순간 집에 가라고 왜 종용하느냐
감췄던 빗장 간신히 끄르는데
장년의 건강 들먹이는구나
혼자 떠나겠다니까 그마저 붙잡는구나
비열한 손 뿌리치고
산으로 들로 치달리고 싶은데
타는 가슴 헤치고 싶은데
하숙방 문고리 걷어차고
자, 이제 시작이다 신발 끈 묶는데
동트는 새벽, 아찔하구나
수박등 아래에서 그물 벗으면
낄낄대며, 가슴에 못을 박는, 네 이놈

시누대

    안면도 곰섬 민박집, 낯익은 풍경 자세히 살피니 작년에 가족 나들이 왔었던 바로 그 자리다 고춧잎 따던 노파에게

    — 작년에 왔을 때 할아버지가 바지락 주셨는디요

    했더니, 금세 몸이 눈사람처럼 스르르 녹는다

    — ······ 할아부이

    눈알이 새빨개진다 흰 거품 너머 저녁노을이 된 할배의 바지락 웃음 그니의 시누대 사이를 헤집는 것이다 쏴아 쏴 노파가 삼킨 울음 파도 더미에 사그라든다 무심한 흰소리가 그리도 무서운 침묵 당겨 놓다니

그 '하염없음'에 대하여

새벽 글을 썼던가

라면 국물 쏙쏙 밴 밥풀떼기 넘기면서 그렇게 일요
일 하루 겨루기 한판 자투리 없이 벌이는 중이었다
전화기 내려놓고 밥과 글에 몰입하다가 베란다로 몰
려드는 땅거미 찾아내고 화들짝 놀란다 꼬박 하루
방 안에서만 지낸 것이다 첫눈이다 야수처럼 방 안
에서 어슬렁대며 꼬박 하루 머물던 그 새벽부터 저
물녘까지 창살 때리는 눈발, '하염없이'

무릇 글은 구체성이다 그 문장에 취해 산맥과 오물
번갈아 품던 사연 생생하다 그 위선의 비탈길에서
아슬아슬 행복했던 중년의 저물녘, '어거지로 나를
만들던 세월' 집요하게 떠올렸다 면허증 핸드폰 화
투패 당구 큐대 쌍둥 자르고 글과 술로 돌진하며, 행
복해요 쓸쓸해요 간살 떠는데 느닷없이 심장을 쑤시
는 그 단어 '하염없이'

아, 관념과 구체성이 순간적으로 일치하는 서늘함

맨살 행보의 포만감 장벽에 부딪칠 때마다 주워 담
던 조각난 언어들,

아슴아슴 외면하던 비굴함, 똑바로 되살리지 못한
채 창살 때리는 눈발들 작업실로 쏟아지는 꿈에 젖
는 것이다 '하염없이'

신호등 앞에 서면

봄은 산수유부터 쏟아졌던가 노랗게 핀 그 꽃을 동
백꽃이라고 불렀었다(김유정의 노란 동백꽃이 그렇
게 나왔을 게다) 이어서 개나리다 유년의 언덕길 초
가집 노란 울타리가 하늘로 번지면 얼핏 풍경이 아
지랑이로 황홀했다 곧바로 이 산 저 산 흐드러져 헛
배 채우던 진달래 붉은 꽃 떨어진 가쟁이마다 노란
새순들 일제히 튀어나와 햇살 받기도 했다 살구꽃은
벚꽃처럼 우수수 떨어지지 않고 도장병 부스럼으로
찔끈찔끈 파고들었다 멀리서 싸— 하던 향기가 나무
그늘 아래서는 밋밋하던 사과꽃, 울타리 바깥에선
눈발처럼 새하얗다가 그늘 아래서만 붉게 물들던 그
꽃, 이 발칙한 연놈들 무더기로 안아 줘야 하는데

구두끈 매던 사내 신호등 앞에서 홱 돌아본다
강직성척추염, 붙은 몸이 통뼈로 움직이자 풋보리
이삭들 일제히 술렁인다 때까치처럼 재잘대던 등굣
길 아이들 가슴에 담으면 문득 '쿵' 호박 떨어지는 소
리다 우르르 썰물처럼 쓸려 가는 그니의 꽃사태 끄
트머리, 좇다 보면 언제나 혼자 뛰는 것이다. 아무도
없다 늘 그랬다 그림자만 남기고 순식간에 휑 사그

라졌다 자루에 담던 봄꽃들 살그머니 내려놓는다 NEIS와 봉급 명세서에 섞인 쏜살같은 세월 소태처럼 쓰다 흐흐흐 웃는다

공사판 웅덩이 '슝' 건너뛰어 보지만
기실 이빨을 뽑고 나서 기가 많이 죽었다 질긴 놈들 잇몸 사이로 우르르 대가리 디미는데 버리고 싶은 놈은 정작 이빨 틈새에 또아리 틀며 달라붙는다 이쑤시개 후빌 때마다 오소소 쏟아지는 한기寒氣 이젠 '이가 없으면 잇몸이다' 라고 말할 수 없다 숙취의 등곳길, 트림할 때마다 생감자즙 냄새 터지는데, 먼 산, 뒤로 갈수록 하늘빛이다

이빨 뽑기

이리 와라, 문고리 노끈이 팽팽해지면서
물상들이 일제히 숨을 멈췄다
썩은 놈은 도려내야 한다, 아비가
조선낫 들어 시퍼런 노끈 슥슥 문지르자
단풍나무 붉은 색깔들 소스라쳐 빠져나가고
아이 혼자 하얗게 떨고 있다
저녁노을 얼굴을 덮는데
입을 벌려라, 태아처럼 웅크리자
어미도 차갑게 밀어내는 바람에,
혼자서 이 풍진 세상 감당해야 했다
잠깐이면 된다, 부엉이 소리
후엉후엉 문고리 젖혀진다
솟구친 초승달 개구리처럼 폴짝대는데
살려 주세요, 그 말이 튀어나오지 않아 오래도록
다행이었다 사금파리 '툭' 튕겼을 뿐이다
이상하다 댓잎 바람 받으며 갸우뚱한다
아프지 않았어 증말이야
그런데 눈물이 쏟아졌다 하염없이
감나무 그늘 시커멓게 내려앉던 늦가을
아랫도리 튼실한 사내의 길 품어 보기도 했다

3부

깨진 가로등

어둠 탓이다 송이버섯 총각놈과 마주한 소녀의 생
머리 눈빛 이슬처럼 영롱했던가 깨진 가로등으로 쏟
아진 수박등 뿌연 불빛 어깨너머로 희끗희끗 내려앉
는 중이었을 것이다

안 돼

'사랑의 스잔나' 떠올리며 아, 하는 감탄사로 행복
했던 장년의 술꾼, 그가 영혼과 육신을 쥐어짠 고혈
모아 수상한 몸짓 젊은 피 향해 외마디 전파 쏘아댄
다 열혈 청년 스크린 설레설레 도리질 쳤던 관념 조
각이 남들의 골목길에서 뒤늦게 오버랩될 때마다 까
무러치는 촉수

그러거나 말거나 맑은 눈 젊은 총각 땡긴 뒷골 재
빨리 정리한 채 더 느긋하게 어깨 당기면 소녀는 차
렷 자세로 흑발처럼 입맛 다실 뿐이다 수은등에서
터진 웃음꽃 그니의 어깨너머로 뚝딱뚝딱 쏟아졌을
것이다 취한 사내 저만치서 스크럼 짜듯 전봇대 껴
안고 '통일조국' 외마디 소리 지른다

이제 구경꾼도 사내 '싸아' 하는 열기로 황홀해진
다 담벼락에 막혀 멈칫대던 찬바람까지 후끈 달아오
른다

보리

분하다 리모컨을 잃어버리고
바닥을 긴다 소파 틈새기 쑤시는 순간에도
숙면 중이던 금붕어 숨죽인 물살
눈망울 닦으며 고요, 고요하게 지켜보고 있다, 찾
아낼 거야
울화통 터지는 출근길 꽁꽁 싸맨 채
무심히 안개 나라 헤쳐 가는데 아, 성성한 보리밭
나타나면
가끔 그런 문장이 가로막는 것이다

죽 · 고 · 싶 · 다

하늘과 땅이 맞닿는 자리
살 비벼 후끈한 유토피아 정령 꿈꾸시냐구요
외마디 소리 담벼락 찍으며 탁구공으로 튀어 오
르자
그는 비로소 리모컨에서 해방된다
이상하다 잃어버린 잡동사니들 시퍼런 대궁으로
피어오른다

수의 조각 문지르며 안도하던 아버지
그니의 검버섯, 훈장처럼 치렁치렁 쏟아지던 봄 햇
살들
하나씩 이삭 패며 여물어 갈 자세다
자세히 보면 모양과 표정까지 제각각인데
바람이 지나가면 한꺼번에 우우 허리 펴는 것이다
삐그덕삐그덕 밟혔던 어깨 털더니
이제사 힘이 솟는 오월의 실체, 무엇인가
뱃살 흐벅진 사내 마침내 담벼락 넘을 차례다

혼신으로 거부하던 보리 이삭들
꺾인 모가지 되어 치맛말기 풀어낸다

겨울 밤, 명화극장이 끝나면

12층 아파트 홀로 지새는 밤
스위치 내려도 야광빛 지천으로 터져서
언제부터였나, 완벽한 어둠이 없음을 안다
요소요소 침투한 자본주의 발톱들
적막의 실체 절대로 용납하지 않는다

달빛 그리고 전구다마로 혼재된
섣달그믐, 부지런하다 아직도 밥고리 놓치지 않고
한 해를 버텼구나 기지개 펴며
다시 의자를 당긴다 글이 곧 일용할 양식이므로
멈출 수 없다 디스켓 박스 옮기다가
그만 쏟아 버린다 냉장고 돌아가는 소리

새해에도 여전히 냉바닥이었으므로
더듬거리다 모서리에 정수리 부딪친다
종지기 벗어난 권정생 선생님
'마음대로 외로울 수 있어서 좋아요'
마지막 남긴 말 밥풀떼기처럼 달라붙는다

아파트 입구 단감나무

얼었다 녹았다 겨우내 맛 다지는
말뚝감 보려고 문을 연다 바로 그 눈송이다
서정인의 '강江'에서 완행버스 때리던 눈발들
씨근덕씨근덕 머리 푸는 소리다

갇힌 동행
— 화면 모음

그 드라마다 펄펄 끓는 청춘 남녀 비축계 냉장실
에 덜커덕 찰나에 갇혔으므로 닫힌 시각 성애꽃 털
어 내며 뜨겁게 껴안고 우윳빛 속살 더듬으며, 동태
가 되었다가 생태가 되었다가, 꽁꽁 얼음조각 긁어
내었다

고장 난 엘리베이터는 시공時空이 좁은 만큼 촌철
살인 뜨거운 사랑 만들기에 안성맞춤이다 내 땅 네
땅 금 긋던 경계 허물어지고 아예 화들짝 구들장 불
지폈다 브래지어 풀어헤친 오랑캐꽃 사연 감시카메
라로 적나라하게 재생되던

백화점에 갇힌 그네들, 여기가 유토피아란다 여기
저기 옷걸이도 더듬어 보고 시식 코너 가스레인지
뚝딱뚝딱 지지고 볶으며 시한부 자금성 만들었다 구
명보트 스포트라이트 확보한 나무꾼과 선녀로 홀라
당 바람피우던 그네들

가장 드라마틱한 장면은 한적한 저수지 승용차 트
렁크에 갇힌 채 맞이하는 최후다 키득키득 망측한

사랑 나누다가 '살려 주세요' 장난처럼 손나팔로 울
부짖다가 그예 마네킹이 되어 버렸다 그렇다 차단은
사랑과 죽음을 동시에 생산한다

술꾼과 브라운관

  수사자 발톱에 걸린 저 새끼 얼룩말 젖살 찢기는
장면 메타포로 직수입된다 리모컨 바꾸자 '북극의
눈물'이다 거대한 얼음산 그해 9·11 쌍둥이 빌딩처
럼 허물어지는 온난화 절박감 사이로 쏘주 한 상 재
빨리 펼쳐지는 것이다 망자가 된 여배우 유족들 통
곡 소리 그대로 좌르르 자리잡아 활자판 되더니 막
소주 댓 병 홧김에 비우는 상상에 취한다 그렇게 살
았다 스치는 배경마다 술병과 책상으로 짜깁기되어
늘어서는 것이다 토막잠 깨어난 사내 또 리모컨 누
르며 소파에 기댄다 탕, 탕, 탕 순정파 추격자의 총
알 브라운관 관통하자 '윽' 핵심을 찔린 시인 시뻘건
옆구리 토하며 쓰러진다 그렇다 술이 시詩다 때로는
촌철살인이요 때로는 슬로비디오로 직설과 알레고
리 분별해야 한다 이제는 집문서 품은 채 근심 없는
구경꾼으로 몸단장할 자세다

배추 껍질

자투리들 낙마한다
배추 속 노랗게 감싸 주던 철벽 수비군 시대 마감
하고
삭은 장작된 구舊빨찌들
수음의 잔당으로 트럭 바퀴에 짓밟힌다
푸성귀 흩어진 자리로 억새꽃 하얗게 터지던
공사판 찬바람 그 배경
각서 한 장과 맞서는 초겨울이다

배추 껍질을 벗기며

'결혼은 미친 짓이다'를 보면서 아내와 배추 껍질
벗기다
  아지랑이 지열로 혼몽스러운 비디오테이프
  그해 여름은 장마 뒤끝 아지랑이로
  따땃한 사랑방 뽕잎 먹는 누에로 게으름 피우는 것
같지만
  기실 혼신으로 끌안는 무엇, 있다
  (그 '무엇의 노다지' 찾아 지천명 보내다니)

  주름살 벗길 때마다 아, 순결한 속살
  그래서 푸성귀는 언제나 꽃보다 속이 꽉 차다
  양념장 헤집으며 수도꼭지 물소리에 취하지만
  아내는 감탄사에 귀 기울이지 않는다
  브라운관 그니의 허벅지 재빨리 겹치면서, 간신히
참아 내는 중이다

  찾지 마세요 눈감으면 더 선명해요
  맑은 눈 그 여자가 귀엣말로 속삭인다 분하다
  양념장 다라이 속으로 온갖 잡동사니 버무려 지
는데

그는 늘어진 테이프처럼 눈이 감긴다

행복했어요 고춧가루 터뜨리며 빨갛게 입술 벌리자

파란 배춧잎 그제서야 디스크 풀고 풀자루처럼 늘
어진다

자, 이제 소금물에 숙성시킬 차례다 어금니 깨물며

똥

권정생 동화의 헌신적 똥이 아니라
발길에 채이는 흔한 분비물 이야기다
한때 그와 진검 승부를 가리려던 착한 영혼들
독한 순서로 무지개가 되었다
끌안을수록 덕지덕지 달라붙는 놈들의 본색
막장의 비열함 생생하지만
지금은 실실 피하는 중이다, 길만 보며 걷는데
언제부터였나, 잊을 만하면
공격적으로 덤비기 시작했다 너 죽고 나 살자
사슬 던지면 나는 풀섶에 발목 숨기고
쓰뭉하니 벌판 보는 척 아슬아슬 견딘다
마른 부스러기로, 제발, 네놈들 사라질 때까지

쥐

잡식동물을 해체함은
인류 건강을 위한 휴머니즘이다
일단 머리를 잡는다
쥐는 척추가 꼬리까지 연결되었으므로
잡아당기면 전신이 마디마디 끊어지면서
단칼에 죽는다
잡식성 아비규환, 그러나
너는 실험용으로 보관되어 있으므로
아무도 플래시 터뜨리지 않는다
안쓰러운 감정이 약간 들 수도 있지만
인류 복지를 위해 목을 누른다
볕들 날 손꼽던 기다림의 날들
쌍둥 잘라야 남들이 행복하다
자, 해부용 메스
그니의 속을 고요히 부검할 차례다

똥 누며 시를 쓰던

해바라기 황톳길, 낮술에 취해
이재무 시인 만나러 신작로 헤집던 총각 시절 얘
기다
졸업 후 부여군 석성면 농가 잠재 실업자로 뒹굴던
그를 불시착 방문하러 통닭 한 마리 싸들고
크로마뇽인 관절염 걸음 비척대다가
똥이 마려워 담배밭 고랑으로 뛰어들어
'당숙네 변소에서'라는 시를 썼다 엉덩이 깐 채
땀방울이 튀김 닭 신문지로 국솥처럼 쏟아지는데
웅크린 채 글을 썼다 시인이 될 것이다
똥 누면서 시를 쓰는 악바리 근성으로
조이고 짜내 횃불 세상에 뿌릴 것이다
헛배 차오른 세상 손에 잡힐 듯 삼삼해서
미주알 빠지게 힘을 쓰며 주민등록증 움켜쥐자
푸른 꽃 푸른 넝쿨 삽시간에 빛을 쏘던
시인을 위한 환상의 팡파르, 아 죽여주는 것이다
그리고 몸이 풍선처럼 한 뼘쯤 떠서
문지방 나설 때마다 주먹 불끈 쥐게 되었다
그 후 이십오 년 솔직히 나는 전혀 지치지 않았다
밟힐수록 우거진 수풀 부풀렸다 손가락 자르면

가슴으로 글을 쓰리라 가슴팍 밟히면
눈알 뽑아 아득아득 씹으리라
쓰러졌다가 담배 대궁 잡으며 벌떡 일어섰던
환상의 시인 칼을 뽑았다 자, 서라

윤중호 없는 술판을 끝내고

알타리무 벌판 너머 억새꽃 무데기 국숫발처럼 끈
적거린다 황혼이 수수밭 끝에서 보자기 끈 길게 늘
이자 주정뱅이 두 사내 하염없이 걷는다 분명히 걷
는 중이다 달마대사 이마빡 박치기로 뽀개 버리고
육자배기로 걷는 중이다 어두울수록 네가 선명해서
나는 철없이 안심했다 이제 술꾼들의 토악질 위에서
곱사춤으로 뒹굴 차례다 순간 화들짝 이가 시린 것
이다 활엽수 나목 검은 가지로 쏟아지는 신음 소리
탓인 줄 알았었다 돌아보니 네가 없다 그 당연한 비
수에 찔려 절망으로 쓰러진다 떠난 귀신 아프지 않
게 눈물 삼켜야 한다는 건 새빨간 거짓말이다 개 같
은 늦가을이다

구천에서 내리는 비
— 故 윤중호 시인이 되다니

장난처럼 살아온 술꾼 스물 몇 해
포장집에서 꺼이꺼이 가슴 달래면
'각설이타령'이나 '빈 산'으로 심장 뒤집어 놓고
유령처럼 휘적휘적 날리던 바바리 자락, 이제 없다
한강 유람선 너머 그날처럼 밤비 젖는데
흑석동 빗방울 하나까지 철저하게 감지하던
진한 사내, 진정코 종적 감추다니
골목길 수은등 뿌연 안개로 지켜보다니
시장통 감자탕이나 애기배춧국으로 속을 달래면
그 언저리에서 소주병 붓던 낭만주의 추종자들
해학과 독설로 빈 술병 쌓이고 마침내
새도록 퉁퉁 붓게 우는 장면
삼삼한가, 그 부리부리한 달마의 눈빛
세상이 아파서 내가 울던 난장판 시국
독하게 울지 않던 어깨에 수없이 기댔다
헤어지기 위해 모인 이 자리
네가 없는 술과 노래 우리끼리 감당하라는구나
너는 구천에서 걀걀걀 술타령으로 비 뿌리고
나머지 지렁이끼리 가늘게 젖어 있겠구나

돼지감자꽃 망자야

윤중호다 뉴질랜드 사우스섬 크라이스트처치, 지도에서만 설레었던 자리다

새 천년, 해맞이 자리에서 이천 만 마리 홍게 서식지 크리스마스 섬까지 보자기처럼 연결된 바다 장판 오케스트라가 배경이었다 사내아이 계집아이 광활한 합주, 눈물에 취해 황홀한 꿈이었던가 입을 따악 벌리는 중에 그가 나타난 것이다 웃통 벗은 고수鼓手의 카리스마 눈빛 예전과 똑같다 돼지감자꽃 입에 물고 쾅쾅 북소리 터칠 때마다 홍게 떼 우수수 그믐달 람바다 춤으로 산란産卵하던

정영상은 남아프리카 케이프타운에서 삼천이백 킬로미터 떨어진 트리스탄다구 섬에 살고 있었다 날마다 고샅고샅 고구마순 심던 얘기로 행복했던 본토인들 행복한 구들장, 언제부터였나, 육지 물 먹은 틈입자들 비디오 관음증에 빠진 혼돈의 교차점에서 깨어 있는 사내 혼자 스크린만 한 화폭과 맞서고 있었다 작대기 붓 으랏차차 괴성으로 달려 찢어진 배경마다 노란 무꽃이나 새파란 돼지감자꽃으로 피어나고 있는데

티벳 소녀가 된 최연진이다 바위 위의 시신屍身 조각조각 독수리들에게 보시하는 그 나라 맑은 눈 아줌마 부대 푹푹 끓는 가마솥 앞으로 늘어선 노숙자들 실핏줄 어루만지는 중이다 안 돼 평생 상처 받는다 가로막는 순간 밀가루 반죽 물안개로 번지던 주걱 끝에서 '기지촌' '강변에서' 온갖 민중가요 돼지감자꽃처럼 아슴아슴 피어오른다 뭉게구름 양떼 사이로 빗물처럼 쏟아지는 석양이라니

모두 머리칼 사이로 빠져나간다 당연하다 혁명의 시대 겨드랑이 사이로 잦아지고 웰빙의 시대 재빨리 번식 중인데 술꾼들 각다귀 떼 발길 뚝 끊어지고 늪 같은 적막에 빠지다 외로운 날, 작별의 계단에 서서 벗들, 또 나타나다니

이문구

85년 '민중교육' 사건 때 중년의 그가 성명서를 읽었다 비탈길 시국 그 와중에 옆자리 합석 확인만으로 얼마나 황홀했던가 밥그릇 빼앗긴 채 실천문학사 창문 너머 순댓국 솥 쇳소리 포만감으로 채우던 그해 여름, 벼랑 끝 외나무다리에서의 행복한 만남 가늠하며 희망과 절망 오르락내리락거리던

그와의 기행奇行 연달아 터뜨리는 벗들 옆에서 홀로 언저리 빙빙 돌았다 '소설 쓰는 청년입니다' 오물오물 입술 올리는 연습 족히 백 번은 넘었던가 상갓집 연탄불 앞에서 눈길 마주치면 재빨리 등 돌린 채 구두코만 쏘아보며 활활 타는 가슴 쓰다듬으며 구석자리 술잔만 비웠다 '사랑합니다' 그 고백 땅바닥에 파묻고 시불시불 다지며 먼발치로 바라만 보던, 스무 해가 흘렀다

대천의 마지막 대면 예고된 바 있다 후배 작가 김종광 결혼식 때 그가 크로마뇽인 골격으로 쳐다보기에 나도 처음으로 고개 숙였다 머리가 어항처럼 '출렁' 쏟아지더니 바닥이건 창살이건 금붕어 수십 마

리 팔딱팔딱 비늘 떨치는 것이다 사랑하니까 이렇게
보낸다 뒤통수 땡길 때마다 큰 소리로 하하하 웃던
'오랜 침묵'의 실체 터무니없이 쓸쓸했다 그런데 선
생님이 나를 알아보긴 한 걸까

　서울대병원 장례식장에서 관촌 숲 뼛가루 뿌리던
마지막 그 순간까지 그림자처럼 지켜봤다. 저녁놀을
배경으로 한 멜로영화에서 수상한 기러기 떼 하염없
이 날아만 가는 이유 알 것 같았다 나누지 못한 사랑
후회하지 않겠다 쿵쿵쿵 다지면 쟁반 같은 태양 속
으로 철새 떼들 아, 끼륵끼륵 가슴 후벼서

시인 김백겸

그의 저서 '비밀 정원' 읽으며 불륜의 데카당스 베
일 지운다 대학 도서관 그 지긋지긋한 형광 불빛으
로 안착해야 안심하는 강박증 사내, 긴 세월 활자판
헤치며 거리 둔 사람들 그런 식으로 간섭했다

80년대 대전 대호장 여관 문청들의 모사謀事 자리
가 첫 상봉이다 '민중교육' 준비로 김진경, 도종환,
최교진, 김홍수, 이은식, 이은봉까지 중부권 '구舊빨
찌' 들 '청년의 가슴' 태우는데, 순수시인 하나 그물
처럼 지켜보았던가, 그 잔상 쉽게 지우려 했다

학교를 쫓겨나면서 나머지 거래까지 다 끊어 버렸
다 미운 사람은 끝까지 미워하기로 했다 문학이 영
혼과 육신을 짜낸 고혈의 결정체라는 말은 새빨간
거짓말이다 격렬히 반발하며 관념의 갑옷 조여 매면
서, 그의 행방이 가끔 눈에 스치기도 했다

정영상, 윤중호, 오원진, 강구철, 최연진, 이규황,
남광균 먼저 세상을 떠났다 그보다 더 많은 민초들
치여 죽고 맞아죽고 병들어죽던 불가마 속으로 핸드

폰, 마이카, 에이즈와 스와핑, 모텔 선인장까지 쓰나
미처럼 쏟아지는데, 어럽쇼, 누군가의 등에 기대어
있다, 돌아본다

　담벼락 너머 간신히 안부나 묻던 그의 그늘에서
푹신 쉬었다 대학 도서관 오솔길로 비로소 아주 작
은 풀꽃들이 보이기 시작했던 신새벽이다 씨근씨근
부은 이마 녹이면서 이제 미운 놈 주름살도 곁눈질
한다 단호하던 벗들, 잿빛 여명으로 흐릿해질 즈음
이다

권정생

정영상은 죽고 화톳불 잦아지는 상갓집 이른 봄, 해직교사 신현수 시인과 오징어 다리 씹던 작별의 갈림길 돌연 그가 '쿵' 마주 서 있는 것이다 아, '남몰래 사랑' 들켜 버린 수치심, 아랫도리 가리느라 그대로 주저앉았다 그가 움직이면 덩달아 움직이다가 그가 돌아서면 나도 황급히 돌아서는 중이다 그러면서 돌린 등으로 첫 인사 나누는 연습으로 연신 입술만 옹물었다 '사랑합니다 칼을 받으세요' 그 문장 땅속에 꽁꽁 묻어 버렸다 '비수로 정확히 심장을 겨누리라' 늦깎이 첫사랑 고백 새도록 그림자밟기로 끝내 눈인사 트지 못했다 감나무 꼭대기 때까치 깍깍 훌러덩 날이 밝아서 사내의 설렘은 견우와 직녀의 전설이 되어 버렸다 그가 도깨비불로 사라졌으므로 비로소 안도하면서, 분하다 날마다 손등 찍는 것이다

4부

칠판 1

이십오 년 밥 먹은 배경이다
그 자리에 몸 바치겠다 규정한 순간
통 큰 전망과 장밋빛 인생 쑤셔 넣고
가지 않은 길, 별똥별 챙길 보따리 매듭 묶으며

술병과 독설, 낭만에 파묻히다가도
오렌지 나무처럼 또렷이 떠오르는 희망의 주체성
하여, 그 무시무시한 군홧발 앞에 자존심 세우며
칠판이 아니면 죽음을 달라
맑은 물 조약돌로 남아 울타리 지키려던

겨드랑이 사이로 일급수와 오물이 번갈아 흘렀고
'맑던 눈'들 빵을 챙겨 의자 바꿨고
속화된 실체들 온갖 체위로 낙뢰처럼 떨어지는데
피도 눈물도 없이 흘러가는 청춘
딸린 식솔 끌안고 노을빛 자작나무 앞에 서면
머리가 흔들리기도 했다 실제로
해골에서 버걱버걱 소리가 나는 것이다

힘과 균형 그리고 생존의 법칙

어느 날 삭은 장작 잦아지듯 푸스스 깨달으며
스물다섯 해 물 말아먹은 배경 앞에서

칠판 2

그녀를 택한 것은 날씬한 허리나 고운 피부가 아
니라
후덕한 공간 때문이었을 것이다 만만하기도 했고
귀한 사내들 눈독 비껴간 탓에
지방 사립대 재수생 출신인 그에게도
그녀의 품으로 입성할 기회가 온 것이다
소년 시절, 저무는 노을로 꿈꾸던
오두막집 그리고 '눈이 큰 여인'과 함께 사는 삼류
작가
그런 행복한 수채화 그려 보기도 했던가
한때 그녀의 '깊은 사랑'에 화들짝 놀라
거대한 골리앗과 한판 승부 벌이기도 하면서
몸이 더럽혀질 때는 은장도를 옆에 두고 살기도
했다
그 후로도 그녀는 넓지 않은 오지랖으로
우렁각시처럼 밥과 버스표를 배달했다
집 나간 누이 사발통문 찌라시 값 해결시켰으며
가전제품과 아파트 평수를 조금 늘려 주었고
핸드폰 없이도 부끄럽지 않을 품격을 세워 주었다
요즘 그녀는 파워포인트나 디지털에 밀려

특히 젊은이들에게 인기가 없다
외골수 사내 혼자 휑 벌어진 이빨로
하루에도 몇 칠판씩 빼곡히 채울 뿐이다
마른 살비듬 같은 분필가루 부스스 떨어질 때마다
갈라진 몸으로 터지는 그녀의 신음 소리 껴안으
면서

칠판 3

졸업반 아이들아
너희들의 눈빛이 세상의 희망이다
간절히, 뼈와 혼백을 간절히 모아
네놈들을 노려보며, 참는다
참는다 끝까지 부글부글 참아내는 중이다
이십 분 내내 즈이 짝꿍 옆구리 볼펜으로 찍어대
다가
그제서야 교과서 찾으러 사물함으로
흐느적거리는 저 군상도 수도승처럼 눈감아 준다
거꾸로 펼친 교과서와 숙면 중인 연체동물 한 마리
거꾸로도 잘 보인다며 기지개 편다
'오후의 향기'처럼 고즈넉한 반장 아이도
혓바닥으로 책장 넘기고
개발에 땀 나게 책과 씨름하는
일등짜리 유리알 눈빛도
기실 학원 숙제로 문어발 뻗칠 뿐이다
반사경 유리창 쏘아대는 눈빛 따가워
따뜻한 겨울, 늘어지는 교실
한 해가 지나도록 눈이 내리지 않는데
느이들은 나의 전부란 말이야

만년 평교사, 자기 최면으로 교실문 열면
억새꽃 무더기 연기처럼 흩어지기도 하는데

칠판 4

답안지 바꿔 주세요
돌아서며 식은땀 흘린다
뽀얀 젖살 눈사람 솜털 보송보송하다
집 나간 어미, 빈자리 지키려는 소녀야
오늘은 의연하게 기말고사 치르는
소녀야, 신용 불량 아비 품 놓친 사춘기 토끼
마침내 반항의 산토끼 되어
구로디지털역 시계탑 돌아온 날
반가웠다, 싸대기 때리는 내 마음이 더 아팠다는
뻔한 스토리는 믿지 말아야 한다
변비 핏줄로 검은 똥 싸며 이빨 옹물다가
교무실 구석 똥 누는 자세로 반성문 쓰다 마주친
네 윗눈썹과 아랫눈썹
초가을 서릿발에 묶여 붙어 있구나
이제 푸근한 고깃덩이 눈빛으로
늙은 소처럼 목덜미를 닦아 주고 싶다며
공복의 창틀 매만지며

칠판 5
— 중간고사 풍경

때리는데 이유가 있나요
죽여 줘요 괴롭히는 스릴
그렇게 돌 던지면 개구리들 오금 서렸다
그게 너다, 원래 대범했다
상추 속에서 꿈틀거린 반 토막 귀여운 벌레
단박에 씹어 넘기는 마초 근성, 그 후
무혈입성이다 손가락 가리키는 대로
조무래기들 일사분란 움직였고
너를 따라 술 담배 오토바이 아수라장 소문으로
'비열한 거리' 욱신욱신 관망 중인데
오늘은 네가 약하다 무서운 활자와의 면담
시험 시작 사 분 만에 답안지 완료, 엎어진다
'소나기'의 청량한 가을 햇살 배경으로
아주 온순한 풀여치처럼 새근대는 것이다
시험지 앞에선 오금도 못 서리는 너를 이해하려고
무진장 힘을 쓰다가 남대문이 열렸다
교탁 뒤에 숨어 지퍼 닫다가
지구여 멈춰라 오줌이 마렵다, 며 키득대던
반항아, 네 머리를 쓰다듬으며

칠판 6

쳐다만 봐도 배부른 꾸러기들 큰아부지 같은 즈이 선생 머리 꼭대기로 놀이터를 만든다 눈에 집어넣으면 단물이 콸콸 쏟아질 것 같은 그 자식 왈

― 왜 교장 선생님이 못 되셨죠?

― 우이 씨 세월이 가면 자동빵으로 되는 줄 알았겠지

눈텡이에 반창고 붙인 맞장구 소년은 이제는 흘러 '누님 같은 꽃'이 된 '두고 떠나왔던 옛 제자'의 아들놈인데

― 얘들아, 공부해서 남 주자

사춘기 머리 벅벅 긁어 주며 시치미 뗀다 유리창 너머 배추 뿌리 뽑아낸 자리 성에꽃 허옇게 매달리는데

무명 시인

도종환의 '어떤 마을' 을 가르치는데
이 시인을 아느냐 한다
안다고 했더니 거짓말 말라고 한다
선생님이 이렇게 유명한 시인을 알 턱이 없다 한다
시인의 사인 적힌 책 증거로 제출하자
내가 흉내 내서 쓴 게 틀림없다고 우긴다
즉석 글씨체를 휙 만들더니 '보세요 똑같죠' 하
는데
어느 게 진짜인지 확인이 안 된다
함께 찍은 사진 있으면 당장 내놓으란다
없다고 했더니 그러니까 거짓말이란다
청소년문학워크숍 때 정지용 시비 앞에서
백오십 명이 함께 찍은 사진으론
도저히 얼굴 식별이 안 돼서 포기하고
진짜 친구 사이라고만 반복했더니
즈이 아버지가 서태지라 한다
최불암이 할아버지고 갈갈이가 친오빠라고 한다
선생님 시는 평생 교과서에 실리지 않을 거란다

명퇴 교사와 술을 마시며

쓸 만한 벗들 곶감 빠지듯 명퇴서를 제출하기 시작
했다
행복해, 나날의 일상이 따뜻한 구들장이야
운동권 퇴직 교사가 생글생글 보따리 풀어헤치자
구경꾼들 스크린에 취한 척 우와아 입 벌리는 시늉
하면
점방집 스티로폼으로 떨어지던 밤이슬
표창처럼 날아와 휙휙 얼굴을 찍기도 했다
교장들은 초빙제까지 내밀며 호두알 파내므로
정년퇴임 꿈꾸던 예전의 혁명가는
참아 내는 중이다 벙어리장갑 속에 손톱도 감췄다
끝까지 버틸 거야, 계체량 앞둔 체급별 선수처럼
마지막 코털까지 야금야금 털어낼 것이다
비장의 카드 쥐도 새도 모르게 설계하면
논두렁 오리 떼 끼룩끼룩 날개 치다가
평상 위로 풀짝풀짝 초승달빛 쏟아 주기도 했다

명퇴 교사 김흥수에게

철창 속 아키노 꿈꾸던 온건파 푸른 나무 있었다
강단의 양심들, 짝사랑 가슴으로 논두렁 밭두렁 휘
적휘적 발길 멈춘 시인의 오두막, 초식공룡들 발자
국 숨 조이면 생강밭 초록빛 단박에 새빨간 보자기
로 덮이던

나룻배 젓던 기억, 시리도록 선명한가
맞을수록 힘이 솟던 스프링 시국, 지하실 복도에서
유인물 챙기던 울멍울멍 난세의 청년들 공복의 눈빛
터뜨리며 등 푸른 고래로 솟구쳐 물대포 뿜어 대기
도 했는데

태풍처럼 밀려오는 자본의 벽
싸대기 맞으며 알몸으로 견딜 작정이었다 그물망에
비늘 떨치며 도살장 개새끼처럼 꽁꽁 묶인 채 도막도
막 잘리면서도, 우리는 반드시 우리여야 했는데,

모래알 긁어 솜이불 덮겠다던 바보 천사들
회전의자 질겅질겅 돌리는 배불뚝이들 외면한 채
아직도 철문 앞에 모여 있는가, 무궁화꽃 쓸쓸한 공

화국 담장에 서서, 씨 뿌릴 자리 찾아 소매 끝 잡던

이제 울어야 한다 신발 끈 펑펑 풀어놓고,
어차피 깨지면서 버텨 왔지 않느냐 물거품까지 다
리미질하는 쪼글쪼글 화석의 시대 그 정체성이여,
이제 우리끼리 안부 나누어야 한다 서릿발 성성한
초로의 영욕榮辱 아랫도리 불끈 솟는 자존심으로 돌
려줘야 한다

평교사, 장년의 봄

사월 초까지 눈이 내리는데
벌써 짧은 소매 보송보송 솜털 드러낸다
아이들이 치마를 내리며 '쪼그려 뛰기' 하는 아침
산수유 노란 싹 솟는 자리로
솜처럼 내려서 물처럼 닦아 주던 진눈깨비 축축한,

지난 야간자습 하굣길에도
사금파리 번뜩이던 굵은 다리들, 어둠 속으로 재갈
대던
그놈들이 틀림없다 더듬이로 잡아당겨도
고구마 줄기처럼 뿌지직 끌려 나오는 저 알타리무
무더기

그니를 위해 한때, 죽느냐 사느냐
악다구니로 몸 바쳤고
이제는 농협 거래 내역 숫자판 헤아리며
큰 산 건너 더 검은 산, '중과 속俗' 으로 넘나들다니

기지개 펴다가 눈시울 시큰해 진다
계집아이들 국수발 머리칼 일제히 뽑혀 나와

진흙덩이로 처박히는 아침,
질기게 부여잡고 살아왔구나
쓸쓸한 사내, 어슬렁어슬렁 출근길이다

잘 가라 내 이빨

콜라병을 단칼에 따던 강철 이빨
으깨진 시국, 최루탄 가득 끌려갔던 뒤풀이
멍든 뺨, 후엉후엉 소주잔 들이부으며
쇠톱처럼 싹뚝싹뚝 닭다리 뜯던,

앞만 보며 뛰느라 아무 생각 없었던가
민족문학과 참교육 그리고 태양처럼 뜨거운 젊음
탈진의 삭정이로 오돌거리던 겨울 벌판
새 봄맞이 분홍빛 꽃 피우려
뿌리털 질기게 뻗어 혼신으로 빨아올리던
그 청춘에 걸맞은 이빨이었다

경고 받기도 했다 돌다리 두들겨라
한 번 굽은 등 영원히 펴지지 않는다, 경고했지만
거부했다 사나이 한 번 죽는 삶이다
술은 이렇게 마시는 거야, 단박에 병나발 불었는데
그 즈음 잇몸 끝에서 달랑거리던 어금니

불안을 먹고사는 자본주의 비탈길에서
갸우뚱거리기도 했다, 어금니 갈아 마시다가, 문득

어, 어, 어, 꽃소금처럼 떨어지는 치석을 긁어내면서
귀 막는 방법 배우기도 하던 중

수능시험 보던 날
아이들 엿 뺏어 먹다 그 이빨이 뽑혔다
깨엿 속에 파묻힌 줄 모르고 와작와작 씹는데
삭은 이빨 하나 엿 속에 묻혀 와작와작
엿같이 박살나 버렸다
스크럼으로 버티던 다른 이빨들 도미노로 무너지
면서
한 사내의 혈기에 작별을 고하는

착한 소년 석동호

수송동 야간중학교 이 학년 반 편성
키 순서로 번호 정하는 자리
주근깨 착한 소년 석동호 군과 짝꿍 되기 위해
잡은 손 놓치지 않고 이리저리 발맞추면
똑딱이는 전기 스위치 따라
올빼미 학교 형광등 불빛 끔먹이기도 했다
사이에 웬 깍두기 끼어들어 짝꿍 작전 불발되었
지만
오히려 좋았다 홀짝으로 대항군 나누는
줄다리기나 릴레이 기마전까지
같은 편 되어 손바닥 마주칠 수 있었는데
어느 날 씨름판에서 그가 맞상대가 되었다
사랑하는 사람과 겨루는 건 질 나쁜 죄악이다
일찌감치 포기한 채 허벅다리 힘 빼는데
'아차' 그가 먼저 샅바를 놓고
모래판에 거꾸로 처박히더니 환하게 웃었다
패자는 물파스 바르며 행복에 넘쳤고
승자는 철봉대 붙잡고 후엉후엉 울었다

비둘기 소묘

벚꽃잔치 산성공원 비둘기 떼
아스라한 날갯짓은 햇살 탓이 아니라
아이스크림 때문이다 땅콩 붙은 쌍쌍바는
손잡이가 두 개다 연놈끼리 나눠 먹으라는
아이스케키, 동성끼리 쪼개도 행복한 소녀들
깨금질로 비둘기 떼에게, 부스러기 던진다
고무줄 포물선 거만한 몸짓
뻥튀기 조각으로 아스라이 쏟아진다
진눈깨비처럼 주룩주룩 녹기 전에, 비둘기 떼
승용차 대가리 내밀듯 동물적으로 덤벼든다
어느 날 이 학년 국어 교실로 쳐들어와
난장판 만들던 그 상큼한 날갯짓이 아니다
나는 오늘 젊은 관료와 수세적으로 싸우고 나서
전국교직원노동조합 동지들보다
바라보는 식솔들 눈을 맞출 수 없었다
흩어졌던 비둘기 떼 먹이 찾아
발목 잡으며 밀고 당기니
이제 알겠다 같잖은 영혼들 길들이는 법
외면한 채 건빵 뿌리는 안쓰러운 오만함과
눈물 씹는 밥의 수모스러움을

은행잎

가을 하늘이 아름다운 이유는
나뭇가지 틈새 밝히는 노란 빛 때문이다
중년의 문턱, 순백의 처녀 교사와의 출근길
은행잎이 웃고 있어요, 고백하던 늦가을
그녀가 출석부 들고 어리둥절 사라진 뒤
나뭇잎이 춤을 춘다, 아름다워요
혼자 취해 글썼였다 수제비처럼 떨어지는
낙엽의 풍경, '석별'이라 규정하며
오랜 동안 홀로 담았고, 썩으면서 숙성했다
그 즈음 시국은 눈보라 행군 중이었다
최루탄과 징계위 출두를 넘나들면서
행복한 청사진 싸그리 정리할 각오로
벽보와 현수막에 몰입하던 열혈 청년
눈 딱 감고 몇 걸음 더 전진하려 했으므로
샛길이나 반전의 기회도 당연히 흘려보냈다
싸대기 감싸다가도 노란 빛 떠올리면 풍성했던
이제는 까마득한 수렁 속 사연들
본말전도 자본주의 행태에 놀라면서
반자본주의자들 시나브로 잦아지던 중
너를 만난 것이다 젊은 날의 아픔 그리고 은행잎

아파트 출입문에서 장년의 조우遭遇, 화들짝 놀란다
엘리베이터가 열리고, 십삼 층까지
노란 빛과의 작별이 아팠다 오랜만에, 아,
만나자마자 헤어지다니, 거울 보며 울었다
다시는 안부를 전하지 않으리라, 주먹 쥐며

촛불 잔치

그녀들의 몸에서 유월의 밤꽃 냄새 노랗고 파랗게
쏟아진다
밤 마실 가던 사내들 아, 불놀이다 외마디로 달려
온다
저렇게 많은 여인들 맨살로 웅숭대니
필시 일을 저지르겠구나 받은 갈증으로
우르르 달려온 노루발 사내들 후끈후끈 가슴 싸매
는 중이다

공주시 신관동 사거리
외나무다리 위기감으로 도막도막 모여든 숫처녀들
일회용 종이컵 몰려와 병풍처럼 바람 막아 주니
껍데기 알맹이 서로 기대는 넉넉한 난장판 되어
늙은이, 젊은이, 호적에 잉크도 안 마른 어린 것들
까지
이제야 만났구나 맑은 눈끼리
일하다 찢긴 상처 아프지 않더냐

매 맞아 죽고 병들어 죽던 질곡의 시국 지나
핸드폰이나 파워포인트 동에 번뜩 서에 번뜩 돼지

털 시대까지
　푸른 산 반딧불이 망초꽃 대궁에 밀려 움츠러드니
　그 종잡을 수 없는 유쾌한 변신 앞에
　그 지긋지긋한 찌라시 활자판도 모처럼 오그리는
구나

　그러나 조심하라
　산맥을 품던 옛 벗들 속삭인다 죽 쒀서 닭 주지
마라
　강물 담은 동반자들 소맷자락 걷어 준다
　깊은 사랑 너무 뜨거워요 사무친 눈빛들 단춧구멍
채워 준다
　싸— 하게 터지는 배후세력들, 불꽃 향기로 나온
이유다

장년의 평교사에게

처음처럼, 꿈꾸던 그 세상 아직 유효한가
봄날의 자취방 번개탄 푸른 빛 비수처럼 파고드는데
그 행보에 아무나 동참하는 게 아니다 장밋빛 인생 접고
불온서적들 루카치의 '별을 보는 마음' 쓰다듬던
자존심만큼 희망이 넘쳤었다, 먹머루 아이들
머리끝에서 발끝까지 사랑하자던 기쁜 우리 젊은 몸

신새벽, 불순한 출정식 막으러 새벽 문간 지키던
그해 여름, 이제는 퇴직 관료가 된 예전의 그네들
지팡이에 기댄 채 삭은 장작처럼 흔들리는 그 뒤로
불법 시절 쭈뼛쭈뼛 후원금 내밀던 동료 교사들
젊은 관료로 변신한 채 악수 나누는 난감한 그림자 겹치고
뒷모습 쓸쓸할수록 독한 오기 품는

이순덕, 남광균, 정영상, 신용길 비운의 교육자들
하늘로 보냈던, 늦가을 낙엽이 꽃비처럼 쏟아졌던가
소주 같은 눈물 적시며 돌아오던 골목길

그대들은 그믐달 되어 절망으로 파고드는데
　한 시대, 가슴앓이로 더 질겨지려는 장년의 평교
사여
　진하게 쌓은 사연들 나뭇잎처럼 훌훌 털어낼 각오
되었는가

　웰빙 시대에 길들여진 새내기 젊은 벗들
　곁눈질로 비켜나도 넉넉히 끌안을 만하던가
　구경꾼들이 골프나 볼링으로 장년의 건강 챙기는
언저리에서
　힘든 공적 담백하게 파묻을 '겨울의 다짐' 아직도
단단한가
　아우성으로 뿌리 내리는 질경이꽃 다독이며
　산맥과 오물 번갈아 추스를 빈 가슴 분명히 남아
있는가

　89년 그해 우르르 단두대에 목 내밀던 시국
　전화기 발신음에 깜짝깜짝 놀라던 갓난아기들
　이제는 미루나무처럼 쭉쭉 물 좋은 청춘으로 뻗어
나오고

하여, 선생이 된 김지철의 딸과 운동권이 된 최교
진의 피붙이
풀무학교로 떠난 황금성 류지남 전인순 김종도의
아들딸들과
더러는 불야성 야간자습의 콩나물 빽빽한 현장에서
살아남기 위해 버텨야 하는 벽돌 속의 수험생들
까지
맨살로 끌안을 마음 아직도 유효한가

나는 안다네 장년의 평교사여
배고픔 모질게 견디고 배아픔에 분노하지 않는
후미진 자리, 이정표들의 겨울나기에 대하여
희망으로 피어나는 아픈 사랑에 대하여

강병철, 참숯 젊음

김열(시인)

언제 그를 처음 만났던가. 더듬더듬 그와 관계된 기억의 풀숲을 거슬러 올라가 보니 얼큰한 겨울밤 한 장면이 선명하게 펼쳐진다. 대전충남작가회의 회장을 맡고 있던 김흥수 시인이 충남 도고에 새로이 둥지를 틀어 집들이하는 자리였다. 난 일군의 문인들과 좀 깊어졌다 싶은 밤에 통나무집 안으로 들어섰다. 순간 집이라기보다는 놀이마당처럼 넓은 공간에 놀랐고 곧바로 그 공간에 가득 차 있는 사람들에 놀랐다.

술상에 옹기종기 흩어져 이런저런 알아들을 수 없는 말을 주고받으며 술잔을 마주치는, 그야말로 주흥이 한창 무르익어 가는 밤이었다. 당시 내겐 면식 있는 문인이 별로 없어 다만 자리에 앉아 주는 술잔 받고 받은 술잔 도로 건네주며 여기저기 살피기에 바빴는데 갑자기 마른 하늘에 천둥치듯 혹은 울부짖는 듯한 귀곡성이 귓전을 때렸다.

소리가 울려온 곳을 봤더니 글쟁이라기보다는 꼭

씨름꾼이나 싸움판에서 주먹깨나 쓰는 사람처럼 생긴 이가 벌떡 일어나 무대 위의 락커마냥 샤우트한 음성을 뱉어 내고 있었다. 자기 음역의 한계를 넘어 좌중을 향해 웅변(?)하는 내용을 듣고 보니 연설하는 것은 아니고 즉석 사회를 보고 있던 것. 그때 난 대전충남작가회의의 분위기가 본래 이러한가, 내심 아연하면서 주눅이 들지 않을 수 없었다. 술기운 번지는 조명 아래서 사회를 보는 사람을 유심히 바라봤다. 나이를 불문하고 강직하고 투박하고 대범해 보이는, 마른 장작 같은 사내였다. 불의에 맞서 불꽃처럼 일어날 기세 등등한 사람, 바로 강병철이었다. 소설가이자 시인인 강병철에 대한 내 첫인상은 뭔가 큰일을 저지를 사내처럼 그렇게 나타났다. 그렇게 강렬한 인상을 심어 준 그와 난 별다른 인연 없이 몇 년이 흘렀다.

그러다 그와 나는 작가회의 회장 강병철과 작가회의 사무국장 김열의 신분으로 다시 인연을 맺게 되었다. 문학 관련 행사와 사무로 자주 통화하고 머리 맞대고 술을 마시는 조직적 관계로 급전된 것이다. 함께 '청소년 문학캠프'나 '산악 시화전' 등 무수한 행사를 동행 기획하게 되었다. 근거리에서 살핀 그의 사정은 첫인상과는 대조적으로 여리고 섬세한 사내의 모습으로 다가왔다. 조금은 실망하고 조금은 안심하며 그와 일했다. 그렇게 그와 일하면서 2년 세월이 흘렀다.

그가 시집을 낸다고 발문 청탁을 주문하면서 원고 뭉치를 보내왔을 때 나는 난감하면서 한편 궁금했다. 강병철, 그가 과연 제대로 녹아 있을까. 의문을 품은 채 먼저 눈에 띄는 시, 「꽃샘 눈」을 읽었다. 솔직함을 만났을 때의 반가움이랄까. 수식 없이, 그가 그처럼 살아 있어 반가웠다.

아무 일도 일어나지 않았다 싱크대 틈새기로 빠져 버린 참기름 병뚜껑 그 사소함에 온 세상 우지끈 뒤집어지는 것이 문제다 동굴 속에 안주하던 온갖 잡동사니들 '틈입자 빗자루'와 맞붙으며 아우성이다 먼저 썩은 행주 조각이 모서리에 발목 묶은 채 안 된다 안 된다 살려 달라며 이를 옹문다 이번에는 식칼로 바닥 긁기다 사이다병 뚜껑이 뽀얀 먼지 뒤집어쓴 채 '아아 형광등은 너무 눈이 시려요' 옷고름 부여잡고 얼굴 붉힌다 마지막으로 효자손 갈퀴질이다 찌그러진 볼따구 지줏대 삼아 치켜올린 둔부가 끙끙 수치심에 떤다 모가지 힘줄 때마다 우두둑 구기며 이를 갈지만 녹슨 젓가락 하나 토해 냈을 뿐 딸깍딸깍 밀려만 가는 병뚜껑

동트는 새벽 출근길 밥고리 찾아 허발나게 달리지 삼월 아침 하늘 뚜껑이 열려 대설주의보가 내렸던 날이다

　─「꽃샘 눈」 전문

'싱크대 틈새기로 빠져 버린 참기름 병뚜껑'과 '주
방 창살'(「새벽 설거지」)이 새벽 출근길의 바쁜 발목
을 움켜잡는다. '아무 일도 일어나지 않았'지만 진
짜 큰 사건이 터진 것이다. 새벽부터 고요한 일상이
흔들리고 '사소함에 온 세상 우지끈 뒤집어'진다.
주방의 세사까지 빠짐없이 단속하고 신경의 끈을 놓
지 못하는 가장이자 맞벌이 생활인으로서의 안간힘
이 환하게 드러난다. 마른 장작에서 불연히 솟구치
는 불꽃이 아니라 가스레인지 미세한 불구멍 하나에
서 파랗게 올라오는, 뱀눈 같은 불꽃이다. 평소 전혀
드러나지 않는 생활인으로서의 자세, 소심하다 할
만한 세심함은 아파트 앞 채마밭을 일구는 공간으로
옮겨진다.

아파트 입주 시초부터 할머니들이
공터에 금을 긋고 있었다 긋는 대로
채마밭 소유주가 되기에 그도 재빨리 점령군 되어
호미 날 파헤치는 출석 점검 시작되었다
아내의 산타모가 비디오 가게 들르다가
쓰레기통 박살낸 날 그 와중에
김기덕의 '악어'와 '해안선'을 반납하고
으깨진 라이트 힐끗 흘겼을 뿐
스티로폼 화분으로 밑거름 날랐다
그는 확실히 맛이 갔다 파랗게 질리지 않고

오물덩이 채우면서 넉넉해진 안도감이여

　　—「텃밭 입문기」 부분

　금을 긋고 채마밭을 '점령'하는 일은 마치 동물들
이 생존을 위해 영역을 확보하는 장면으로 겹쳐진
다. '그녀들 푸른 알몸 나를 미치게 만들었다'(「텃밭
입문기」)라는 새롭게 확보한 영역에 대한 집착과 '비
오는 날도 물 주러 뛰어다니는'(「아파트 남새밭」) 잰
걸음이 먼저 자리함을 읽어낼 수 있다. '손바닥 남새
밭/ 오이 호박 옥수수 아욱 쑥갓 일반고추/ 청양고추
피망고추 도합 열아홉 가지/ 도무지 한 뼘도 버릴 수
가 없는' 억척과 해야 할 일을 끝낸 안도감이 숨어
있다. 시계추를 되돌리면 서울에서 자취하던 어린
시절 '소금밥 비볐다 연탄불 꺼지면/ 사춘기 삼남매
모두 세 끼 당연히 굶은'(「밥」) 배고픈 기억도 도사
리고 있다. 식솔들에 대한 집착은 생활인 강병철에
게 「강박증 둘」과 「강박증 셋」으로 나타나기도 한다.

아버지의 글은 풀 냄새가 없어요

술에 찌든 잉크 자국 핵심 찌르던

딸아이가 늦는구나 참을 수 없는 소심증으로

안절부절 거리의 사내로 돌입한다

　　—「강박증 둘」 부분

아들놈 입시 비탈길

그니의 몸이 내 갈빗대임을 절감했다

마이너스 수능 통지표

가스레인지 오징어처럼 찌그러진 이후

아주 예민한 입시 전문가가 되었다

— 「강박증 셋」 부분

「강박증 하나」는 그의 두 번째 시집 『하이에나는
썩은 고기를 찾는다』(2001)에 있지만 혹시 '보리 이
삭 같은 여자'(「머리통 큰 집안 내력」)나 아니면 '갈
라진 몸으로'(「칠판 2」) 신음 소리 흘리는 그녀 역시
강박증의 연작이 아닐까, 싶다. '나는 오늘 젊은 관
료와 수세적으로 싸우고 나서/ 바라보는 식솔들 눈
을 맞출 수 없었다'(「비둘기 소묘」)는 부지런한 생활
인 강병철도 관계와 정에는 약한 뼈아픈 면모를 노
정한다.

팔 잘린 그니 달마다 찾아오면 배춧잎 몇 장씩 쥐여 주었
다 월숫돈 챙기듯 십칠 년째다

불시에 교무실 찾아온 그니 막국수 한 그릇에 '컵 떼기'
소주 두 병 뚝딱 해치우더니 빳빳한 지폐 몇 장씩 쑤셔 넣고
줄달음질쳤다가 또 나타났다 딸아이가 병실에 갇혀 있다며
비상사태 선포한 날 현금카드로 다시 오십 만원 찔러주다
그를 만나러 뛰다가 노트북 액정에 손바닥 자국 내고 사십

만 원 가불하다 신호 위반으로 칠만 원 딱지 뗀 채 이제 마
주치면 죄인처럼 고개 숙인다 집문서 열쇠 채우며, 한 번만
봐 주세요, 전화벨만 울려도 아파트가 무너진다구요 숨죽이
며 구두코만 바라보는 것이다

   — 「업」 전문

  자투리 없는 일상의 기운을 이번 시집 곳곳에서 찾
을 수 있지만 '그니'가 찾아오면 별 수 없이 그의 얇
은 지갑은 열리고 만다(내가 아는 한 그의 지갑은 두
껍지 않아서 그 날 쓸 돈만을 가지고 다니며 그 한계
안에서 자유롭다). '그니'와의 불편한 왕래 17년을
그렇게 살아왔다는 행태가 그의 전형이다. 이젠 '집
문서 열쇠 채우며, 한 번만 봐' 달라고 통사정하고
싶지만 '그니'가 또 모른 척 찾아오면 그의 마지막
손가락은 어느새 주머니 속을 더듬는 것이다. 지회
장 시절 그가, 우환에 닥친 문인이나 누군가를 떠올
리며 '아' 하는 장음의 탄성을 내지르고는 '어떡하
지?' 하며 자문하는 듯한 모습을 보이곤 했다. 그는
낯가림이 심하지만 일단 맺어진 관계를 청산하지 못
하는 사람이다. 모종의 채무감을 느끼는 '그니' 말
고도 그의 산문과 시에는 많은 사람의 이름이 줄줄
이 호명된다. 그 이름 중에서 고인이 된 '윤중호' 시
인은 그에게 각별하다.

독하게 울지 않던 어깨에 수없이 기댔다

헤어지기 위해 모인 이 자리

네가 없는 술과 노래 우리끼리 감당하라는구나

너는 구천에서 갈걀걀 술타령으로 비 뿌리고

나머지 지렁이끼리 가늘게 젖어 있겠구나

　　—「구천에서 내리는 비」 부분

　강병철은 생활인으로도 부지런하며 문학인으로도 억척스럽다. 그는 이미 여덟 권의 창작집을 생산했다. 시집 『유년일기』(1995), 『하이에나는 썩은 고기를 찾는다』(2001)와 소설집 『비늘눈』(1995), 『엄마의 장롱』(2002), 『닭니』(2003), 『꽃 피는 부지깽이』(2007), 그리고 산문집 『선생님 울지 마세요』(2006), 『쓰뭉 선생의 좌충우돌기』(2008)가 그것이다. 전교조 교사이기도 한 그의 바쁜 행보를 감안한다면 다산의 작가임이 분명하다. 지금도 그는 시간이 있으면, 아니 시간을 아껴 남으면 주저없이 무거운 가방을 어깨에 메고 대학 도서관으로 향한다. '그 지긋지긋한 형광 불빛으로 안착해야 안심하는 강박증 사내'(「시인 김백겸」)다. 책상 위에 풀어놓은 가방엔 노트북 컴퓨터와 원고 뭉치가 들었을 것이다. 젊은 청년들 틈에 섞여 그는 부단히 책을 읽고 산문과 시를 쓰다가 이따금 도서관을 빠져나와 자판기 커피를 마시며 담배 연기를 뿜는다.

가물게 오래 크려는 사내

신새벽 대학 도서관 모퉁이에서 바위가 되려 한다

— 「지천명의 책 보기」 부분

'보양식처럼 아득아득 활자 씹는다 절대로 밀릴수 없다'(「지천명의 책 보기」)는 언명은 그의 문학에 대한 열정이 어떠한지 깨닫게 한다. 이미 스타급 명망가가 된 후배 문인들의 대열에서 지천명의 그는 굴하지 않고 '가물게 오래 크려' 한다. '스크럼으로 버티던 다른 이빨들 도미노로 무너지면서/ 한 사내의 혈기에 작별을 고'(「잘 가라 내 이빨」)하며 한스러워하기도 하고 장년의 평교사로서 '쪼그려 뛰기'(「평교사, 장년의 봄」) 하면서 봄을 맞는 그지만 그의 펜촉에는 날로 양질의 근육이 붙는 중이다. 그리고 지역 문학판 후배들 사이에서 수문장처럼 자리를 지킨다. 그리고 웃을 때면 점점 하회탈을 닮아 가는 그다.

'당숙네 변소에서' 라는 시를 썼다 엉덩이 깐 채

땀방울이 튀김 닭 신문지로 국솥처럼 쏟아지는데

웅크린 채 글을 썼다 시인이 될 것이다

— 「똥 누며 시를 쓰던」 부분

문청 시절 당숙네 변소에서 똥 누면서 시를 쓰던

아련한 추억을 새삼 떠올리는 것은 문학에 대한 열정을 현재화하고 상징화하려는 노력이다. 행간을 읽다가 진땀이 흐른다. '시인이 될 것이다'라고 '튀김닭 신문지'에 활자가 또렷이 맺히는 듯하다. 그가 '나이 먹을수록 싸움을 잘하는 세상은 없는가'(「새벽 설거지」)라고 묻는 것은 자신만의 길을 열고자 자신에게 투사하는 호소로 읽힌다. 자신을 샌드백 삼아 지속적으로 좌우 훅과 스트레이트를 날리는 방식이랄까. 잽처럼.

> 섣달그믐, 부지런하다 아직도 밥고리 놓치지 않고
> 한 해를 버렸구나 기지개 펴며
> 다시 의자를 당긴다 글이 곧 일용할 양식이므로
> 멈출 수 없다
> ─「겨울 밤 , 명화극장이 끝나면」 부분

'글이 곧 일용할 양식이므로' 생활과 문학 사이엔 간극이 없다. 그에게 생활과 문학은 이처럼 서로를 긴장시키며 강화하는 구체적 실체로 기능한다. 관념이 아닌 현실로. 그래서 생활과 문학은 비로소 적극적인 일체의 징후를 드러낸다.

> 면허증 핸드폰 화투패 당구 큐대 쌍둥 자르고 글과 술로
> 돌진하며, 행복해요 쓸쓸해요 간살 떠는데 느닷없이 심장을

쑤시는 그 단어 '하염없이'

　아, 관념과 구체성이 순간적으로 일치하는 서늘함

　—「그 '하염없음'에 대하여」 부분

　그 서늘한 징후를 스스로 알아챘는지 그는 눈발들 작업실로 쏟아지는 꿈에 젖는 것이다 '하염없이' (「그 '하염없음'에 대하여」). 무슨 術처럼. 전언에 의하면 그는 추모시와 축시, 그리고 행사시를 포함해서 기념시만 무려 60편 이상 써서 기념시 모음집으로도 시집 한 권 분량이 된다고 한다. 무릇 시인들이 가장 불편하게 여기는 장르인 기념시 류類를 전혀 사양하지 않았다는 얘기는 과연 무엇을 뜻하는가.

　이 지점에서 얼큰한 밤의 그 첫인상이 다시금 살아난다. 꼭 큰일을 저지를 것 같던 사내 강병철이 새로운 의미로 온전히 되살아난다. '그 후 이십오 년 솔직히 나는 전혀 지치지 않았다'(「똥 누며 시를 쓰던」)는 장담이 허세로 읽히지 않는다. 닫힌 세계에서의 싸움이 아닌 열린 공간에서의 한판 진검 승부를 원하고 있음이 시편 곳곳에서 감지된다. '나이 먹을수록 싸움을 잘하는 세상은 없는가' 하고 자신에게 호소하는 것은 새로운 세계로의 진입을 암시한다. 그것은 자신과의 강직하고 대범한 싸움이자 자신이 관계하는 세계와의 열린 싸움이다. 졸렬함이 횡행하는 싸움이 아니라 원인과 결과를 초월한 최선의 싸움이다. 이 싸움을 그가 삶의 긍정성과 건강성으로 끌어올리고 고수하는 한 그는 끝내 문학(생활)에 지치지 않을 것이다. 술심인 듯 질긴 샅바를 놓지 않으리라. '가물게 오래 크며' 하염없이 싸움은 지속되리라. 천명天命처럼 하염없이.

그의 발문을 마치려니 주어진 시간의 긴박함이 못내 아쉽다. 마지막으로 아이의 순수한 감정선을 잘 그려낸 시의 일부를 전문처럼 소개하면서 게임 소리 가득하고 담배 연기 자욱한 PC방에서의 조악한 글을 맺을까 한다. 아직 세상에 시가 있어 고맙다.

> 어미도 차갑게 밀어내는 바람에,
> 혼자서 이 풍진 세상 감당해야 했다
> 잠깐이면 된다, 부엉이 소리
> 후엉후엉 문고리 젖혀진다
> 솟구친 초승달 개구리처럼 폴짝대는데
> 살려 주세요, 그 말이 튀어나오지 않아 오래도록
> 다행이었다 사금파리 '툭' 튕겼을 뿐이다
> 이상하다 댓잎 바람 받으며 갸우뚱한다
> 아프지 않았어 증말이야
> ―「이빨 뽑기」 부분